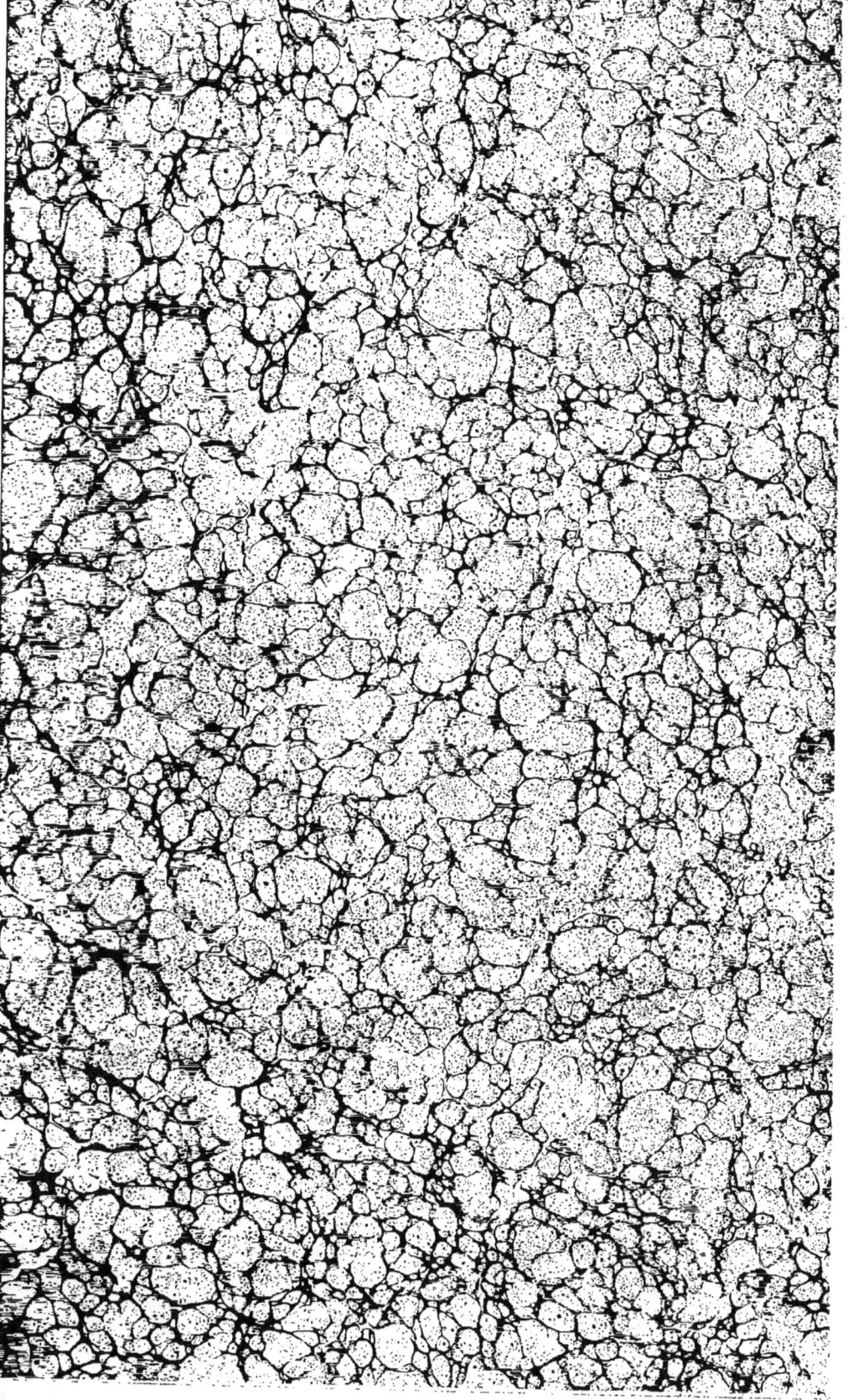

ÉLOGE

DU

ROI SAINT LOUIS,

AVEC DES NOTES.

OUVRAGES du même Auteur.

ÉLOGE funèbre de Louis XV, *in-8°*. 1774.

ÉLOGE de M. le Maréchal - Duc de Biron, lors de sa nomination au Gouvernement de Languedoc, *in-8°*. 1776.

ÉLOGE historique de Henri IV, *in-8°*. 1777.

PLAIDOYER prononcé en la Grand'Chambre du Parlement de Paris, par l'Auteur, le 27 novembre 1778, dans l'affaire du Prieuré-Commendataire de S. Denis de Poix, contre M. l'Abbé de Béon, Aumônier de Madame Adélaïde de France, et le Sieur Touchy, Dévolutaire ; *in-4°*. 1779.

LE Siècle de Louis Auguste, Ode ; chez Demonville, Imprimeur de l'Académie ; *in-8°*. 1780.

ÉLOGE

DU

ROI SAINT LOUIS,

AVEC DES NOTES;

Prononcé dans l'Église Paroissiale de Saint Roch, en 1783;
et l'année suivante, dans celle des Chanoines Réguliers
de Sainte Geneviève, rue Saint Antoine;

Par M. l'Abbé DE BARRAL, Docteur en Droit, des Académies
Royales de Nîmes et de Beziers, Vicaire de S. Merry de Paris.

A PARIS,

DE L'IMPRIMERIE DE MONSIEUR.

Chez VARIN, Libraire, rue des Arcis, à l'image Sainte Geneviève;
Au mois d'octobre, rue du Petit-Pont.

M. DCC. LXXXV.
AVEC PERMISSION.

AVERTISSEMENT.

LES circonstances seules me déterminent à faire paroître cet Éloge plus tôt que je n'eusse voulu. On sait que les Écrivains médiocres, et même les plus mauvais, sont aussi jaloux de leurs productions, que les Auteurs d'une classe supérieure. La moindre crainte de plagiat ou d'enlévement de leurs Ouvrages, les enhardit à *franchir le pas.* C'est précisément ce qui m'y force moi-même. J'ai vu couronner dans une Académie de Province, sans pouvoir me récrier, un Poëme dont le manuscrit m'avoit été furtivement enlevé. J'ai vu qu'un de mes amis, ayant laissé copier un Poëme didactique en 3 chants par un jeune homme avide d'être connu, ce dernier s'en appropria la gloire, très-assuré que je ne pourrois l'en priver. Je me suis vu moi-même accusé de plagiat, dès ma tendre jeunesse, par un Aristarque prétendu qui, pour se dédommager d'avoir

examiné mon Ouvrage, ne rougit pas,
dans un âge avancé, de se revêtir,
comme le geai de la fable, des plumes
du paon. J'ai vu, enfin, le Prédicateur
d'une petite ville, forcé de prononcer un
sermon de morale, au jour d'une fête pa-
tronale, parce que le manuscrit d'un de
mes panégyriques qu'il avoit su s'appro-
prier, parut sous mon nom, la veille même
du jour qu'il s'étoit proposé de le prêcher.
L'expérience me détermine donc à donner
au Public, comme malgré moi, cet Éloge
dont le manuscrit est vainement réclamé,
depuis huit mois, par une personne respectable, qui se flattoit, en le confiant à
des hommes de lettres distingués par leurs
talens, de me le faire prononcer devant
la plus brillante assemblée de la Capitale.
J'avoue que je n'ai jamais douté que ces
illustres dépositaires ne fussent fidèles à
me conserver le juste fruit de mon travail.
Mais c'est en vain que je leur fais rede-
mander ce manuscrit, dont la restitution
m'eût épargné un effort de mémoire, et

le désagrément de faire imprimer, après mille autres, un Eloge du Roi S. Louis. Les divers accidens qui me sont déja survenus me font craindre, d'ailleurs, qu'à l'insu de ces Messieurs, on ne prêche mon Discours dans une Église, pendant que je le prêcherai dans une autre (*). Le desir de repousser un tel ridicule, me force donc de le livrer à l'impression.

_____

(*) Personne n'ignore que deux Prédicateurs connus donnèrent cette scène au Public, il y a quelques années, dans les chaires de S. Benoît et de S. Severin; et deux autres, depuis, dans les chaires de Sainte Marie du Temple et des Carmes Billettes.

ÉLOGE

DU

ROI SAINT LOUIS.

Fecit quod erat rectum in conspectû Domini.

Lib. 2. Paralip. cap. 34, vers. 2.

Vous me prévenez, sans doute, Messieurs, dans l'application de cet éloge si simple , que l'Esprit-Saint fait de Josias. Ce grand prince et Louis ont une ressemblance parfaite. Ils montent sur le trône avec une égale pureté de mœurs, et savent s'y maintenir avec une égale prudence. La volonté du Seigneur est la règle évidente de leurs actions ; sa gloire est le motif pressant de leur zèle ; et l'attachement à sa loi, la preuve éclatante , non seulement de leur amour pour

A

lui, mais encore du desir ardent de le faire aimer sans partage. Aussi ne les voit-on jamais délibérer un seul moment, dès qu'ils connoissent ce qui est agréable à ses yeux : *Fecit quod erat rectum in conspectu Domini.* Plus heureux que le roi prophète, si ces deux princes ont ses vertus, ils n'ont aucune de ses foiblesses. Aucune tache n'obscurcit l'éclat de leur piété ; aucune passion ne flétrit leur gloire. Ils marchent, dès l'âge le plus tendre, dans les pénibles sentiers de la justice, et ne s'en écartent jamais. Leur course rapide, en un mot, jamais interrompue par le plus léger repos, n'est jamais retardée par le plus court égarement. Je dirai plus : si le parallèle de ces deux rois étoit moins exact, il seroit tout à l'avantage de Louis. Josias, en effet, étend son zèle au seul royaume d'Israël ; et Louis ne borne pas le sien à la France. Il joint la modestie, dans la prospérité la plus brillante, à la constance dans les revers les plus humilians. Il unit aux vertus paisibles qui font les saints, les vertus guerrières qui font les héros. Si les traits de sa sainteté sont vraiment héroïques, les traits de son héroïsme sont véritablement saints. Je puis donc publier, sans trop accorder à la prévention, non plus qu'à l'amour du peuple François pour ce prince, que ses actions ne pouvant faire d'un particulier qu'un grand saint, font un prodige d'un roi qui marche d'un pas ferme dans les voies de la sagesse.

Quel sujet, toutefois, susceptible des ornemens d'une sublime éloquence! Que n'ai-je la vôtre, orateurs sacrés qui faisiez jadis l'essai de vos talens dans cette même chaire (1), pour vous disposer à répandre avec fruit, dans les différentes églises de cette capitale et de la province, les semences de la parole divine! je ne laisserois rien à desirer pour la gloire du Saint, dont le digne chef de ce respectable chapitre (2) a bien voulu me confier l'éloge.... Que dis-je? le discernement de mes auditeurs me persuade sans peine, qu'ils préféreront un discours chrétien qui puisse édifier, à un discours académique qui puisse plaire. Dans cette confiance, je peindrai Louis sous deux rapports qui, suivant tous les moralistes, servent à caractériser le grand prince :

Il fait le bonheur de son peuple ;
Il contribue à la gloire de la religion.

_____

(1) Dans la chaire de l'ancienne maison professe des Jésuites, appartenant aux chanoines réguliers de la congrégation de France, prêchèrent jadis Bourdaloue, la Rue, Cheminais, et les autres grands orateurs de la Société.

(1) M. Rousselet, Prieur de la Couture Sainte Catherine, depuis Abbé de Sainte Geneviève.

France ! quel est ton avantage d'obéir à des
maîtres que la réunion de ces deux rapports rend
aussi grands devant Dieu que devant les hommes!
Celui dont nous révérons la mémoire n'est pas
le seul. L'héritier de son trône fait briller comme
lui, dans la première fleur des années, une sagesse précoce qui le rend l'arbitre du sort des
empires, et le père de ses sujets. Grand sans af-
fectation, libéral avec discernement, équitable
par caractère, il retrace à nos yeux le plus cé-
lèbre de ses ancêtres, par l'union des vertus
chrétiennes et politiques qui en firent un héros
sur la terre, et l'élevèrent dans le ciel à la plus
haute sainteté. Nouveau Josias, il saisit d'un
coup-d'œil les objets relatifs à l'administration la
plus étendue. Une prudence qui prévoit tout,
une sagesse qui dispose de tout, une fermeté qui
vient à bout de tout, une générosité qui récompense tout, sont les ressorts qui, mis en jeu, ra-
niment notre activité naturelle. Puisse l'auguste
rejeton d'un tel roi (1); puisse le digne fruit d'une
alliance à jamais durable, faire aussi le bonheur
de nos derniers neveux, et leur offrir, comme
ses pères, de nouveaux traits de ressemblance
avec Josias! Demandons-en la grâce à l'Esprit-
Saint, en implorant ses lumières par l'interces-
sion de Marie. *Ave, Maria.*

_____

(1) Monseigneur le Dauphin.

PREMIÈRE PARTIE.

LES orateurs sacrés, s'appuyant sur l'autorité des historiens véridiques, avancent que Louis, comme Jean-Baptiste, fut avant sa naissance prévenu des grâces du ciel (1). Ils insistent sur la bonne éducation qu'il reçut de la Reine Blanche (2), dont le nom seul fait l'éloge, dont la mémoire sera toujours en bénédiction parmi les François, et qui parvint, par sa prudence, à calmer les troubles qu'excitoient, sous la minorité de son fils, les plus grands seigneurs du royaume. Ils exaltent l'humilité du jeune prince, à l'occasion de son sacre, qui fut moins une pompe brillante, propre à mortifier l'orgueilleuse ambition des mêmes seigneurs, qu'un témoignage public de cette humilité singulière. Ils ajoutent, que dans ses lettres familières, il pré-

(1) Quelques Historiens ont prétendu que la conception de S. Louis fut miraculeusement opérée par les prières de S. Dominique. Ils ignorent, sans doute, dit Varillas, qu'il avoit un frère aîné, nommé Philippe.

(2) Blanche, épouse de Louis VIII, étoit fille d'Alphonse IX, Roi de Castille, surnommé le Noble. Elle fut deux fois régente du Royaume. Mathieu de Vendôme, Abbé de Saint Denis, fut Régent pendant la dernière Croisade.

féroit au titre glorieux de roi, le nom de Louis de Poissy, pour célébrer sa régénération à la grâce, sur les fonts sacrés du baptême. Ils louent la charitable piété, qui lui faisoit admettre à sa table les tristes victimes de la maladie et de l'indigence, dont il lavoit lui-même les pieds, dont il pansoit les plaies, dont il opéroit la guérison. Ils parlent de l'accueil distingué qu'il faisoit aux saints personnages de son temps, à Robert Sorbon, à Bonaventure, à Thomas d'Aquin, dont le génie étonne d'autant plus le monde, que, dans un siècle plein d'ignorance, il dut sa science à lui seul. Ils relèvent le trait de clémence qui lui fit renvoyer au vieux de la Montagne (1), avec des présens magnifiques, les deux assassins qui, venus des extrémités de la Phénicie, furent trahis par le despote même, qui se repentoit de les avoir armés. Ils retracent l'austérité sur le trône, le cilice sous la pourpre, le jeûne dans le sein de l'abondance, la privation de tout plaisir au milieu des délices, les vertus de la Thébaïde dans la plus brillante cour de l'univers. Ils font admirer l'attention de Louis à vaincre

(1) C'étoit le Prince des Assassins, peuple qui vivoit dans les montagnes de Phénicie, et qui se dévouoit aveuglément aux volontés du despote, dans l'espoir d'en être récompensé par une vie incomparablement plus délicieuse.

l'horreur, que les personnes les moins délicates
ont pour les tristes restes de leurs amis, après
leur trépas, et lui font porter sur ses épaules
royales, les soldats morts sur le champ de bataille, pour leur donner la sépulture (1). Ils
représentent ce bon Roi, dans l'intérieur de son
palais, devenu simple particulier, regardant ses
domestiques comme ses égaux, obéissant à sa
mère qui lui commande souvent d'un ton ab-
solu, passant des journées entières dans les pra-
tiques de la dévotion la plus simple, et méritant,
par un contraste admirable, le titre du plus grand
homme, et du plus singulier qu'on ait vu. Ils
disent, enfin, que sa régulière conduite et ses
pieux exercices, ennoblis par des vertus jamais
démenties, lui méritèrent la juste confiance des

---

(1) S. Louis, arrivé d'Égypte en Palestine, fit
une expédition contre les Turcomans du mont Liban,
dont je ferai mention à la fin de son éloge. Bien des
François, et sur-tout des Languedociens, commandés
par Olivier de Termes, y périrent pour dégager Joinville. Le Roi voyant les chemins jonchés de leurs corps,
réchauffa la charité par un grand exemple; il travailla
de ses propres mains, pendant cinq jours, pour les
mettre en terre, bien que ceux-là même qu'on payoit
pour le faire, eussent bien de la peine à s'y résoudre.
» Çà, *disoit-il, en commençant cet horrible travail,* donnons
» au moins quelque peu de terre à ces martyrs de J. C.,
» qui ont plus souffert que nous pour son service «.

plus grands Princes, de Grégoire IX(1), de Frédéric II (2), de Henri III (3), et de ses Barons, qui
s'attendoient à voir leurs différends terminés. Ces
traits éclatans et sublimes ont fourni, je l'avoue,
une matière des plus abondantes à ces éloquens
Panégyristes. Mais ces mêmes traits vous frap-
peroient, Messieurs, avec moins de force que
le tableau des exploits militaires et des actions
équitables de ce grand Roi ; mais ils serviroient
foiblement à vous prouver qu'il fit le bonheur
de son peuple, par son *courage* et par sa *justice*.

---

(1) Grégoire I X, auparavant nommé le Cardinal
Ugolin, natif d'Anagnie, étoit de la famille des Comtes
de Ségni : il avoit du zèle pour la religion, mais un zèle
aveugle et trop ardent.

(2) Frédéric II, fils de Henri VI, malgré ses édits
sanglans contre les Hérétiques, à son avénement à l'Empire, fut traité lui-même d'Hérétique et d'impie, pour
avoir différé de se croiser. Ces paroles de S. Louis le
justifient des imputations accumulées par une haîne in-
vétérée, et qui causa la ruine de sa famille. » Comment
» le Pape a-t-il osé déposer un aussi *grand Prince*, qui
» n'a point été convaincu des crimes dont on l'accuse ?
» S'il avoit mérité d'être déposé, ce ne pourroit être
» que par un concile général «. S. Louis ne voyoit pas
la vérité toute entière. Un concile général a sur les souverains aussi peu de pouvoir que le Pape.

(3) Quant au Roi d'Angleterre Henri III, voyez la
page 13.

§. I.

Je dis par son *courage*; et je ne crains point de le mettre au rang des vertus bienfaisantes de Louis. Je n'appréhende pas même d'affoiblir par-là l'idée que je vous donnerai dans la suite, de son dévouement à la gloire de la religion. L'évangile, en recommandant aux princes la douceur et l'humilité, prétendoit-il leur interdire le courage? Non, sans doute; et le Seigneur Dieu des armées remet son glaive tutélaire entre les mains des Potentats; et les livres saints font un éloge pompeux de Josué, de David, de Judas Machabée. Ce n'est donc point une valeur sans orgueil et sans férocité, que condamne la religion; mais la valeur qui n'a pour principe qu'une criminelle ambition, qu'un amour déréglé de la vaine gloire, qu'une lâche vengeance, qu'une aveugle fureur; valeur justement réprouvée, et bien funeste par les maux affreux qu'elle cause; valeur que Louis déteste comme préjudiciable aux François dont il s'est déclaré le père. La sienne est toujours sainte, toujours guidée par son zèle pour les intérêts de Dieu, par son amour pour des sujets fidèles, par des motifs, enfin, qui, suppléant dans son cœur les mouvemens tumultueux des passions, en font un héros véritablement chrétien.

Comtes de Champagne (1), de Boulogne (2), de Bretagne (3), et vous tous, feudataires trop puissans pour n'être point factieux (4), ne vous flattez pas d'abuser plus long-tems d'un pouvoir formé sous l'apparence de l'ordre et de la subordination, à la faveur d'un chaos véritable, où le suzerain, le vassal, l'arrière vassal, chacun avec ses droits factices, se trouvent réduits au droit du plus fort. Vous allez admirer dans notre Saint, dès l'âge le plus tendre, toutes les qualités du héros, l'activité, la grandeur d'ame, l'intrépidité, la prudence. Vous êtes donc ses ennemis?... Tremblez, téméraires, il sera bientôt votre vainqueur. Autant vos armes sont injustes, autant ses triomphes seront légitimes, glorieux, avantageux au peuple François. En vain l'ambition, la jalousie, une fierté révoltante, un esprit inquiet et toujours remuant, suggèrent à de tels conjurés le dessein perfide de tout troubler

---

(1) Thibaut VI, Roi de Navarre, connu par ses poésies, et sa folle passion pour la Reine Blanche.

(2) Philippe, fils d'Agnès de Méranie, répudiée par Philippe Auguste.

(3) Pierre de Dreux, dit Mauclerc.

(4) Hugues de Luzignan, Comte de la Marche, et Enguerrand de Coucy, dont je parlerai dans la suite; Jeanne, Comtesse de Flandres; les Comtes de Châtillon et de Ponthieu.

et de tout soumettre. En vain des passions vives les portent à former une ligue redoutable. Qu'ils se gardent bien de compter sur des armées nombreuses, sur la bravoure des rebelles qui les composent, sur l'expérience des généraux qui les commandent. Qu'ils recourent plutôt à l'artifice. Qu'ils ne rougissent pas de prendre les mesures les plus odieuses. Qu'ils ne négligent aucune trame pour assurer leurs succès. . . . Que vois-je? . . . La ruse ne réussit pas mieux que la force. Louis, aidé du conseil prudent de sa mère (1), craint moins leurs efforts séditieux, qu'il ne gémit sur leur injustice, et sur la triste cause de leurs revers. Il pleure, ce Roi si bon, sur le sang qu'ils le forceront de répandre; mais plus encore sur celui de ses braves sujets. Cruelle pensée, hélas! tu plonges son cœur dans l'amertume, et toutefois tu t'allies avec son courage que tu ne peux abattre ni ralentir. Au premier bruit de cette ligue audacieuse, il convoque l'arrière-ban de la noblesse françoise. Il part à la tête des Barons et des Chevaliers. Il attaque avec intrépidité, repousse avec vigueur, dissipe avec gloire, et réduit enfin ses vassaux à l'humiliante nécessité d'implorer sa clémence, après

(1) Blanche elle-même étoit prudemment conseillée par le Cardinal Romain, qui contribua beaucoup au renversement de cette ligue puissante.

avoir tenté vainement d'usurper ses droits. Que
ne profite-t-il de tout l'avantage du triomphe ?
Croit-il que sa bonté trop indulgente rendra
moins téméraires de tels ennemis? Pense-t-il
éteindre pour toujours leurs trahisons, leurs
révoltes? Ah! le bonheur du peuple François le
fait généreusement renoncer au fruit légitime
de sa victoire; et s'il use de la vengeance, c'est
comme d'un aliment nécessaire, à la vérité,
mais dont il croit ne devoir jamais se rassasier.

Quoi, Messieurs! une nouvelle ligue, plus
formidable que la première, se forme contre
ce grand Prince, et va le rendre encore sensible
à la douleur de cueillir de nouveaux lauriers!
Luzignan, de concert avec les Anglois, fait
irruption dans la Xaintonge. Les deux armées
s'avancent dans la plaine de Taillebourg. J'en-
tends le son des trompettes, le bruit des armes,
les hennissemens des coursiers, les cris des guer-
riers qui vont venger l'honneur de la France.
O! qui pourroit vivement décrire une action des
plus mémorables? Louis soutient seul, comme
une colomne de fer, le choc des bataillons réunis. Il se jette, l'épée à la main, dans la plus
sanglante mêlée. Il ranime, par son exemple,
la valeur prête à se ralentir. Il force, à la tête
de sa garde, toutes les barricades du pont, pendant que ses braves François, passant la Cha-

rente à la nage, font abandonner ses bords au roi d'Angleterre (1), au prince Richard (2), aux comtes de la Marche et de Léicester (3). Il gagne assez de terrein pour se mettre en bataille. Malgré l'avantage du poste, entre deux collines, occupé par les ennemis, il les enfonce de toutes parts, après un combat opiniâtre ; et par des prodiges de valeur, il obtient une victoire complète, qu'il couronne par un prodige encore plus grand. Est-ce un prodige, me dira-t-on, que la modération de ce prince ? Est-ce un prodige que de poursuivre des rébelles et des Anglois infidèles à leurs sermens, moins pour achever leur défaite, que pour arrêter le carnage et l'emportement des François ? L'ingratitude, l'injustice, la perfidie, et l'infraction d'une trève peuvent-elles ouvrir son cœur à la compassion ? Son devoir n'est-il pas de défendre l'honneur de la France, comme elle a défendu le sien ? Oui sans doute ; mais il est vainqueur ; mais ayant signalé sa force par

_____

(1) Henri III, fils de Jean Sans Terre, Prince d'un petit génie, esclave de ses ministres et de ses favoris.

(2) Frère de Henri III. Après l'affaire de Taillebourg, il quitta sa cuirasse, son casque, et s'approcha des François, pour demander une suspension d'armes, tenant un bâton blanc à la main.

(3) Fils du fameux Comte de Montfort.

le gain d'une bataille et par la prise d'une place
importante (1), il lui reste à signaler sa bonté.
Comte de la Marche, vous êtes le plus factieux
des rebelles! la trahison vous est aussi familière,
que le poison à la princesse votre épouse (2);
et trois fois cependant vous éprouvez les doux
effets de la clémence de Louis, après avoir trois
fois éprouvé les effets terribles de sa valeur.
Est-ce un repentir sincère? Est-ce une politique prudente qui vous fait déterminer les grands
Vassaux de la Couronne à ne plus s'unir contre
ce Héros? Mais il n'en sera pas moins actif;
vous le verrez, par sa *justice* sévère, appaiser
des maux d'autant plus dangereux qu'ils sont
internes; devoir non moins essentiel au grand
Prince que la bravoure, et qui contribue encore
plus au vrai bonheur des sujets.

§. I I.

Quelle est, dans ce nouveau Josaphat, l'attention à ne violer aucun droit, aucune propriété
personnelle, pour inspirer la même délicatesse
aux dépositaires de son pouvoir! Il pense, avec

----

(1) Xaintes, située sur la Charente, ainsi que Taillebourg.

(2) Elle étoit veuve de Jean Sans Terre, mère de
Henri III, et la plus méchante femme de son siècle,
suivant la chronique de Saint Denis.

raison, que les sentimens, les affections, les
passions mêmes du Monarque ne doivent pas
plus altérer son amour constant pour la justice,
que l'abondance des eaux étrangères, portées
comme un tribut à l'océan, n'altère l'amertume
des flots. Rien de plus sage que ses réglemens
consignés dans les tribunaux. Les abus de la pro-
cédure, il travaille à les réformer ; et pour dé-
goûter la France des loix barbares, il fait tra-
duire en langue vulgaire les Jurisconsultes latins.
Ainsi les loix admirables de Louis donnent le
moyen d'établir une législation générale. Rédi-
gée par des praticiens expérimentés, cette législation sera la source de nos coutumes ; et *quand
le bâtiment sera construit de fond en comble, nous
laisserons tomber l'échafaud* (1).

Que les magistrats, sous un tel prince, aient
une intégrité reconnue, une inflexible fermeté,
une droiture à toute épreuve, un esprit péné-
trant, un savoir profond, un mérite rare : rien
de surprenant en cela. Devant leurs charges à
eux-mêmes, non pas à l'ambition, à la faveur,
aux richesses, ils ne cherchent point à se dédommager par des concussions. Ah ! que le sanctuaire

---

(1) Les établissemens et le code de Saint Louis,
ajoute *Montesquieu*, changèrent moins la jurisprudence
Françoise, qu'ils ne donnèrent des moyens pour la
changer. Esprit des Loix, tom. 3, ch. 39.

de la justice est auguste, quand de tels juges vont
y siéger ! Ah ! qu'un souverain est heureux de
leur confier les intérêts de son peuple (1)! Toutefois, Louis n'est pas encore rassuré. Sans être
défiant, il est attentif à tous les devoirs du trône;
Il imite, autant qu'il le peut, l'Arbitre suprême.
Il juge les justices au poids même du sanctuaire;
et s'il découvre que les présens, l'acception des
personnes, la prévention ou la précipitation fassent
des prévaricateurs, il ne se contente point de
faire réparer l'injustice : la plus honteuse dépo-
sition en est le digne châtiment. Prévôt intègre
de la Capitale (2); magistrat dont la vigilance
est au-dessus des plus grands éloges, dans celui
que je consacre à la mémoire de ton Prince, tu
mérites d'être cité. Si la police est solidement
établie dans cette ville immense ; si tu parviens

___

(1) Les besoins de l'État justifient, suivant le même
Auteur, et rendent nécessaire la vénalité des charges,
dans une Monarchie, sur-tout si l'agrément des com-
pagnies est requis, comme en France, par le Souverain.
Aussi voit-on, depuis Saint Louis, des Magistrats com-
parables, et supérieurs même aux plus célèbres de son
siècle.

(2) Étienne Boileau faisoit le guet en personne avec
les Bourgeois. La charge de Prévôt qu'il obtint, sans
financer, ne s'est plus vendue : il fit pendre son propre
filleul et son compère accusés de vol.

à

à découvrir les crimes ; si tu t'appliques à les
punir ; si tu rends au commerce la liberté vendue
par d'avides fermiers ; si tu rabaisses les impôts
excessifs des denrées ; si, sous le titre de confrai-
ries, tu réunis les artisans et les marchands en
divers corps de communautés ; si tu dresses des
statuts pour leur discipline, qui ne seront qu'imi-
tés, ou même copiés dans la suite des siècles ;
nous en sommes redevables à ton savoir utile,
à ton zèle patriotique, autant qu'à la sage pré-
voyance de Louis., à sa justice illimitée, au
choix judicieux qu'il fait des Ministres qui te res-
semblent.

Que ne peut point sur ce bon Prince le desir
du bonheur des François ? Peu content de décré-
diter le vice, et d'encourager la vertu, par un
nouveau plan d'éducation ; de faire fleurir la
décence et la paix des familles, par des réglemens nécessaires ; il protège les Artistes, les Lit-
térateurs, les Savans. Il recueille dans son palais
les écrits échappés à la fureur gothique des nations barbares ; et les déposant près du sanctuaire,
il semble dire à ses Ministres, que l'Ecriture ap- *Math. 5, 14.*
pelle *lumières du monde :* » Prenez, et lisez, si
» vous voulez paroître avec honneur sur le chan-
» delier «. Il demande une liste des laboureurs,
que la vieillesse ou la maladie ont tristement réduits à l'inaction, et comme condamnés à périr

B

de faim avec leur famille. Il veut voir de ses propres yeux leur chaumière tombant en ruine. Il approche du lit de douleur, où sont couchées ces malheureuses victimes. Il essuie les larmes amères, dont elles arrosent le pain grossier qu'elles partagent avec leurs enfans. Il n'amène pas, à la vérité, sous l'humble toît de la misère, l'auguste rejeton, sur qui reposent ses espérances; parce que ses miracles de tendresse ne pourroient lui faire verser tout au plus que quelques larmes stériles. Il attend que Philippe (1) ait atteint l'âge de raison, et puisse comprendre au moins ce qu'il lui fait dire, et redire encore par des instituteurs éclairés; se proposant de l'arracher alors au faste de la Cour, pour être témoin de la manière noble dont il consolera les pauvres par sa paroles, et les soulagera par ses dons. Ceux qu'il conduit dans la cabane du misérable, sont des hommes faits, qu'il peut et qu'il veut rendre sensibles à l'infortune. Il les envoie ensuite dans les provinces qu'il a visitées lui - même, non pour contenter, aux dépens du peuple, une vaine curiosité, mais pour établir ses droits imprescriptibles sur des fondemens solides. Ces hommes

------

(1) Saint Louis eut six enfans mâles, et cinq filles de Marguerite de Provence. L'aîné étant mort, Philippe le Hardi se trouva l'héritier présomptif.

vraiment dignes de la confiance d'un roi si bon, chargés de découvrir les maux auxquels ils peuvent remédier, ne laissent aucun dégât, sans compensation; aucun préjudice, sans indemnité. Eh! pourquoi sont-ils incapables d'abuser de l'autorité royale? Parce que Louis, en publiant long-temps avant, les nominations qu'il en vouloit faire, publioit son intention de connoître leurs qualités, et de s'éclairer sur leurs défauts. Mais son cœur ne seroit pas satisfait encore, si de pieux Ecclésiastiques (1) n'alloient observer de près la conduite de ces Commissaires, pour lui faire part des abus : leçon admirable pour les Princes, qui devroient toujours préférer des hommes simples et véridiques, à des espions aussi fourbes qu'intéressés. Jamais des partisans infidèles, fléaux du bonheur public, et de la gloire des Monarques, n'en imposeront à Louis : jamais les besoins pressans de la France ne deviendront sous son règne une abondante et sacrilège ressource pour l'avide cupidité de ces tyrans subalternes.

Rien ne peut éteindre le zèle ardent d'un Prince

_____

(1) Les Dignitaires et Chanoines de l'Eglise de Paris, quelques-uns des autres Cathédrales, l'Abbé de Saint Denis, depuis Régent du Royaume, que Saint Louis qualifioit de son Conseiller; ainsi que l'Archidiacre de Bayeux, celui d'Aix en Provence, et le Trésorier de Saint Frambourg de Senlis.

B ij

aussi juste. Assez et trop long - temps il a gémi
devant le Seigneur, de tant de scènes scanda-
leuses, où les censures prodiguées par la haîne,
tendoient toutes à dépouiller de leurs États les
restes infortunés de la maison de Souabe (1).
C'est donc en vain qu'une main sacrée offre à
Louis, pour son frère Robert (2), les couronnes
de l'Empire et de la Sicile. Il repousse cette main
entreprenante, avec une générosité sans égale.
Sourd au langage de la politique, qui lui con-
seille de mettre à profit les dissentions des Princes
voisins, il n'écoute que la voix de la bienfaisance
qui le porte à les réunir. Est-il question d'abréger
une vacance pernicieuse au repos des fidèles? il
fait dire aux Cardinaux assemblés, depuis vingt
mois, à Agnanie, que s'ils diffèrent encore
de donner un successeur à Célestin IV, il saura
se passer de leurs suffrages, et faire élire un Pape
en-deçà des monts, qu'ils seront forcés d'avouer.

_____

(1) Ses Princes furent excommuniés, depuis Frédéric
Barberousse, jusqu'à Conradin, décollé sur la place de
Naples, et dont Urbain IV avoit donné l'héritage à
Charles d'Anjou, moins délicat que Saint Louis et son
autre frère.

(2) » Il suffit à Robert d'être mon frère «, répondit
Saint Louis à Grégoire IX, lorsqu'ayant déposé Frédéric II, ce Pape fit offrir l'Empire et ses autres Etats
au Comte d'Artois, le troisième des enfans de Louis VIII.

Tant d'occupations, cependant, tant de médiations, tant de devoirs analogues au bonheur de la France, ne lui permettent pas de se refuser un moment aux diverses plaintes de ses sujets, ni de cesser d'être l'arbitre bénévole de leurs contestations. Les heures destinées au délassement, il les emploie à discuter leurs droits respectifs. Nulle autre barrière entre ce bon Prince et son peuple, que le respect et la confiance. Juges de la terre, venez dans la forêt de Vincennes, vous instruire sur les exemples de Louis; soyez témoins de sa bienfaisante équité; montrez-vous sensibles à sa paternelle conduite. Il exerce vos mêmes fonctions, non pas sur le trône des Souverains, mais sur un siége de gazon, couronné d'un épais feuillage. Il y tient son lit de justice, au milieu des jeux innocens. Point de rapporteurs dissimulés; point de Secrétaires intéressés; point de Gardes inexorables; point de Soldats rangés en haie; point d'autres Avocats que les Plaideurs; point d'autres Conseillers que Nesle, Soissons et Joinville (1); point de brigue;

_____

(1) Jean Sire de Joinville et de Vaucouleurs, Sénéchal de Champagne, écrivit la vie de Saint Louis qu'il suivit dans toutes ses expéditions. » Ce Prince avoit de » coutume, dit-il, de nous envoyer, les sieurs de Nesle, » de Soissons et Moi, ouir les plaids de la p orte ; et puis » il nous envoyoit quérir, et demandoit comme tout se

point de faveur. Tout annonce le tribunal d'un
père, et d'un père qui va juger ses enfans. Il
accueille honorablement l'orphelin, la veuve,
le pauvre. Il reçoit les requêtes de leur propre
main, les lit avec attention, et sur le champ
accorde ou refuse les grâces (1). « Si quelqu'un
» de mes François est opprimé, dit-il à haute
» voix, ce sera sa faute; et je n'en répondrai point
» au tribunal de Dieu, puisque, chaque jour, à
» des heures fixes, j'examine toutes les plaintes «.
Vous vérifiez donc, ô Louis! ce que l'Esprit
Prov. 16,10. saint dit du Monarque qui vous ressemble : *Ses*
lèvres sont comme un oracle; sa bouche ne se trompe
jamais dans les jugemens qu'elle prononce: la crainte
du Seigneue les dicte toujours : « Divinatio in labiis
» *Regis; in judicio non errabit os ejus «.* Mais une
preuve plus forte encore de votre amour pour la
justice, c'est votre crainte plausible que l'usur-
pation n'ait augmenté votre domaine. Vous exa-
minez scrupuleusement les titres présumés de vos

» portoit, et s'il y avoit aucune affaire qu'on pût dépêcher
» sans lui; et plusieurs fois, selon notre rapport, il en
» voyoit querir les Plaidoyans, et les contenoit, les
» mettant en raison et droiture «.

(1) Joinville observe que Saint Louis n'alloit s'asseoir
en été, au pied d'un chêne, dans le bois de Vincennes,
qu'après avoir *ouï messe.*

possessions (1). Vous devenez le plus sévère de vos juges. Vous expiez les victoires injustes de vos ancêtres : et sur un droit douteux que vos Barons décident à votre avantage. Vous restituez un fief (2), dont un titre certain ne rend point incontestable la possession. Un simple citoyen plaide-t-il sa cause devant vous contre le premier Prince de votre sang (3)? toute justice lui est solennellement rendue. Trois jeunes Flamands sont-ils punis injustement d'un supplice infâme(4)? vous exprimez vivement les circonstances de leur prétendu crime, aux Seigneurs de votre conseil;

---

(1) Le scrupuleux Monarque fit la paix en 1259, avec Henri III, et lui rendit six provinces, dans un temps où rien n'étoit plus aisé que de renvoyer nos anciens ennemis dans leur île. Cette paix conclue, malgré les remontrances de tout le conseil, fit, selon Mézeray, bien mal au cœur de tous les bons François.

(2) Le Comté de Dammartin, rendu à Mathieu de Trie, héritier de Mathilde de Bologne, malgré Joinville et tout le conseil de Saint Louis.

(3) Un Gentilhomme fut mis en prison, par l'ordre du Comte d'Anjou, depuis Roi de Naples, parce qu'il avoit appelé d'une Sentence injustement rendue en première instance. Saint Louis fit relâcher le prisonnier, qui poursuivit son affaire contre le Comte, et gagna définitivement.

(4) Enguerrand IV, Sire de Coucy, les fit pendre en l'Abbaye de Saint Nicolas aux Bois, pour avoir été pris

et sur le point de juger Coucy, suivant la rigou-
reuse loi du Talion, vous cédez aux vives ins-
tances de vos parens et des siens. Vous recon-
noissez la sincérité de son repentir, au torrent
de larmes qu'il verse. Vous le condamnez toutefois à une amende pécuniaire ; vous le privez de
ses droits tyranniques, et le vouez à l'ignominie.
Peut - on être surpris, après cela, que la cour
d'un Roi si juste devienne le tribunal des divers
états de l'Europe, et que les Souverains étran-
gers le choisissent de préférence, pour arbitre de
leurs différends?

O qu'il déteste sur-tout le crime de ces usu-
riers qui, semblables aux aspics insensibles,
insinuent secrettement dans les membres du
corps politique, un poison lent qui plaît d'abord,
fait passer du plaisir au sommeil léthargique,
et précipite enfin, par une douceur inconnue,
dans les horreurs du tombeau! Louis porte le
flambeau dans les réduits obscurs de ces avares
durs et superbes. Il découvre toutes leurs trames.
Il en inspire de l'horreur aux François. Il fait
exécuter enfin son édit de bannissement contre

---

en chassant dans la forêt de Coucy. Prisonnier dans la
tour du Louvre, et voyant que son affaire tournoit
mal, Enguerrand implora la clémence du Roi, et fut
condamné à payer 12500 liv., somme considérable alors,
et qui fut employée à des œuvres pies.

une nation intruse, dont la dureté de cœur, à l'égard des hommes, balance l'aveuglement d'esprit envers l'Homme-Dieu (1). Rien ne peut modérer son desir de procurer aux malheureux des soulagemens d'autant plus utiles qu'ils sont gratuits, et de rétablir dans ses droits la charité qui sanctifie les riches. Son zèle pour le bonheur de la France se bornera-t-il là? Se contentera-t-il de proscrire les théâtres qui seront dans la suite, à ce qu'il prévoit, des écoles titrées de libertinage et de séduction, mais qui sont maintenant moins pernicieux que ridicules, une dévotion mal entendue y faisant jouer la passion de Jésus-Christ, et les autres mystères de la religion (2)? Lui suffira-t-il de prohiber les jeux de hasard, dont les suites sont si funestes aux maisons les plus florissantes? Croira-t-il avoir assez fait, s'il vient à bout d'interdire ces

---

(1) Les Juifs revinrent cependant sous Saint Louis, moyennant de grosses sommes d'argent ; mais leurs usures ne furent plus tolérées : ils ne furent absolument et entièrement bannis que sous Charles VI.

(2) *De pélerins, dit-on, une troupe grossière,*
 En public, à Paris, y monta la première ;
 Et sottement zélée en sa simplicité,
 Joua les Saints, la Vierge, et Dieu par piété.
       Boileau, Art poétique.

lieux de prostitution (1) où la jeunesse se change
tout-à-coup en une vieillesse précoce, où la
vieillesse, aussi dissolue, se précipite dans les
bras de la mort.... Ah! toute l'attention d'un
Roi si juste et si bienfaisant se fixe sur des excès
plus déplorables encore. Un monstre vomi des
enfers, au moment que nos aïeux vinrent des
extrémités de la Frise (2) pour s'établir dans
les Gaules : un monstre dont le plus horrible
carnage ne peut pas éteindre la soif : un monstre,
l'opprobre et le désespoir de l'humanite ; le duel,
le barbare duel, par un retour aussi terrible
qu'inattendu, porte la désolation dans la France,
après avoir dépeuplé les régions du nord où la
justice de nos Rois l'avoit rélégué. Les Tribunaux
qui l'ont flétri si souvent ne pourront-ils enfin
le terrasser et le détruire ? Sacrifierons-nous
toujours dans des arênes sanglantes les plus doux

---

(1) Un siècle après la mort de S. Louis, les femmes
publiques eurent des rues affectées dans Paris. Les sages
réglemens de ce Roi ne furent donc en vigueur que pendant un siècle.

(2) La Frise, suivant le Comte de Boulainvilliers,
fut le berceau de la nation Françoise. Nos anciens con-
fondant, sans doute, *Frisia* avec *Phrygia*, crurent s'illus-
trer, en se faisant descendre, non pas des Sicambres,
des Chamaves, des Bructères et des Ampsivariens, mais
de Priam et d'Anthenor.

liens de la nature, au titre spécieux de l'honneur? Etoufferons-nous les vifs sentimens de l'amitié? Prodiguerons-nous le plus pur sang de l'Etat? Rejetterons-nous l'autorité même du Seigneur, qui défend la vengeance et se la réserve à lui seul: *Mihi vindicta, et ego retribuam?* Heb. 10, 30. Dans ces combats singuliers, le coupable, s'il est heureux, jouira donc des privilèges de l'innocent? Mais quel titre injuste que le hasard ou la force! quel juge exécrable que l'épée! A la honte de la religion et de la raison, faut-il que la férocité d'un infâme Gladiateur usurpe la force des lois; que la Jurisprudence soit toute en procédés (1); que le Tiers-Etat, la No-

_____

(1) Il suffisoit, sous Saint Louis, d'avoir un créancier de douze deniers, pour être appelé en duel. Les Chanoines de Sainte Geneviève, sous Louis le jeune, offrirent de prouver, par le duel, que les habitans d'un petit village, près de Paris, étoient hommes de corps de leur Abbaye. Les Bénédictins demandèrent aussi le duel, pour prouver qu'Etienne de Macy avoit eu tort d'emprisonner un Serf de l'Abbaye de Saint Germain des Prés. Dans la chambre d'audience du Chapitre de Saint Merry, dit Ragueau, Jurisconsulte de Bourges, on voit à la place du crucifix, la figure de deux champions armés de toutes pièces, et acharnés au combat. *On a vu long-temps de pareils indices de jurisdiction, dans tous les auditoires des Seigneurs ecclésiastiques ou laïcs. Esprit des Lois.*

blesse, et même l'Eglise se gouvernent par le faux point d'honneur ? Chrétiens, où est votre foi ? Race humaine, où est ta raison? Ah! l'une et l'autre se sont réfugiées dans la grande ame de Louis, pour lui faire concevoir, à loisir, une affreuse idée du combat judiciaire dont ses établissemens apprendront à nos derniers neveux la singulière Jurisprudence ; pour découvrir enfin à ce Roi juste, qui le premier contribue à son abolition, toute l'horreur que mérite un préjugé funeste à la France, et seulement avantageux à ses ennemis. Il proportionne le remède au mal et la peine au crime. Il défend le duel soit dans les demandes d'une dette quelconque, soit dans les dissensions qui s'élèvent entre les citoyens. Il ordonne que les cas privilégiés, les affaires canoniques, et les appels des justices seigneuriales soient jugés, suivant la forme de procéder dont il donne les règles, par les grands Bailliages qu'il établit dans quatre villes principales (1); et la mort des infracteurs est le digne châtiment de leur crime. Plus elle est chrétienne et raisonnable, sa sévérité, plus les coupables la trouveront inflexible. Naissance, crédit, services, distinctions, opulence, pauvreté

---

(1) A Saint Quentin, à Sens, à Saint Pierre le Moûtier, à Mâcon.

même, rien, rien ne pourra déterminer ce Prince à modérer la rigueur des édits. Il refuseroit à ses frères, à ses propres enfans, ces graces qu'avec raison l'on peut appeler meurtrières. La ferveur dans l'accomplissement de tous ses devoirs, donne donc à Louis une fermeté nécessaire contre les abus de son siècle. Cette sublime ferveur lui suggère, au besoin, ou l'intrépidité de David, ou la sagésse de Salomon. Elle en va faire un saint comme elle en a fait un héros; et si ce titre-ci l'a rendu digne d'*operer le bonheur de son peuple ;* celui-là, qu'il ne méritera pas moins, le fera *contribuer à la gloire de la religion :* second trait qui sert à caractériser le grand Prince.

SECONDE PARTIE.

PARLERAI-JE d'abord de la charité qui fait regarder Louis comme le consolateur des affligés et le père des pauvres? Nommerai-je les hôpitaux qu'il a fondés, et qui subsisteront jusqu'à la fin de la Monarchie (1)? Citerai-je les

---

(1) Saint Louis est reconnu pour fondateur ou restaurateur de l'Hôpital des Quinze-Vingts, de l'Hôtel-Dieu de Paris, de ceux de Pontoise, de Compiegne et de Vernon.

asyles qu'il a préparés pour des vierges trop
foibles ou trop exposées? Compterai-je les mo-
nastères qu'il a dottés, pour inspirer aux François
le goût de la solide piété (1)? Vous transporte-
rai-je en esprit dans le temple majestueux qu'il
fait élever au milieu de son palais, pour vaquer
plus exactement aux exercices de sa religion,
pour y conserver avec soin tout ce qui restoit
aux empereurs Latins de leurs précieuses reliques
(2)? Décrirai-je enfin tant d'autres monumens
plus durables que le bronze, plus élevés que les
pyramides royales d'Egypte? Ah! la charité de
Louis est si vaste, et sa piété si fervente, qu'il
fait plus de bonnes œuvres qu'un orateur n'en

---

(1) Il fit bâtir l'Eglise de Sainte Catherine de la Couture, et celle des grands Cordéliers; il établit les Char-
treux dans son palais de Vauvert; les Jacobins à Compiegne; des Chanoines réguliers de Sainte Croix, dans
la rue de la Bretonnerie; des Carmes, surnommés Bar-
rés, à la place Maubert; des Sachetins, au quai de la
Vallée; des Chanoines réguliers à S. Maurice de Senlis.
Quant aux couvens de filles, il en fonda dans plusieurs
villes, notamment celui des Filles-Dieu, et celui de
Sainte Avoie, à Paris. » Il est quelquefois nécessaire,
» disoit-il à ses Ministres, que les Rois excédent un peu
» la dépense; et s'il y a de l'excès, j'aime mieux que ce
» soit en aumônes, qu'en choses superflues ou mon-
» daines «.

(2) La Sainte Chapelle, élevée par Pierre de Mon-

peut raconter. Je me borne donc à celles qui
sont du ressort de l'autorité souveraine ; moyen
facile de persuader qu'il est vraiment supérieur
jusqu'à la fin de sa vie , aux devoirs qui lui sont
imposés par la religion , relativement aux *Enfans
de l'Église*, aux *Hérétiques* , et aux *Infidèles*.

§. I.

Les grands et les petits, bien qu'ils recon-
noissent unanimement l'autorité de l'Eglise , ou-
tragent la majesté du Très-Haut , et blasphêment
un nom trois fois saint , un nom qu'ils devroient
toujours prononcer avec saisissement (1). **La**

---

treau , est un chef – d'œuvre d'architecture Gothique ,
par la délicatesse et la légèreté surprenante du dessein
et de la structure. Baudouin II, Empereur de Constan-
tinople , ayant engagé les reliques , monumens célèbres
de notre religion , aux Vénitiens et aux Génois , pro-
posa à Saint Louis de retirer ce précieux dépôt ; ce qu'il
accepta. La Sainte Chapelle fut alors construite ; les
reliques furent enfermées dans une grande châsse de
bronze doré , sur une voûte , derrière le maître autel ;
et douze Chapelains subordonnés à un Trésorier, furent
fondés. Dans le trésor des Chartes , au - dessus de la sa-
cristie , étoit une bibliothèque publique, où le Roi passoit souvent l'après - midi , après avoir passé la matinée
à juger les causes des particuliers , au grand Châtelet ,
assisté de Boileau qui s'asséyoit à ses pieds.

(1) Le scandale des blasphêmes étoit à tel point , que
presque personne , jusqu'aux enfans , ne disoit une parole , sans l'accompagner d'un jurement.

voix plaintive de la religion frappe les oreilles du Prince, et pénètre son cœur d'une mortelle tristesse. L'ordre qu'il donne contre de tels profanateurs aura son effet sans distinction de rangs et de personnes. Déja le fer et le feu servent de barrière à l'impiété : déja ces langues sacrilèges ont réparé par leur silence l'insulte faite à la majesté du Seigneur. Se récriera-t-on sur cet ordre sévère ? il le justifiera par cette réponse vraiment digne d'un Roi très-chrétien : « J'ai- » merois mieux souffrir moi même le châtiment, » que de rien omettre pour faire cesser le scan- » dale. « Il remonte toutefois à la source du mal. Il voit que l'irréligion fait des progrès rapides par les abus énormes, la licence, les fraudes, la vexation et la tyrannie qui déshonorent les ministres de la religion, aux dépens de la religion elle-même. Il reconnoît que plusieurs pontifes perdent de vue les règles et les exemples de la primitive Eglise ; lorsqu'ils font, d'une loi toute divine, l'instrument d'une politique toute mondaine ; quand ils disposent des récompenses du ciel, ou condamnent aux peines de l'enfer, suivant leur caprice ; lorsqu'ils subjuguent les nations dont ils s'établissent adroitement les juges ; quand ils ébranlent les empires épuisés d'hommes et d'argent ; font trembler, en un mot, les Potentats sur le trône, par cette maxime si contraire

aux

aux sentimens de Jésus-Christ : *Un ennemi de* Math. 21,
la foi ne doit posséder aucune terre. Louis a raison
de penser que l'irréligion, indignée de tant d'abus, 22.
triomphera bientôt avec impudence, un Clergé
non moins vicieux qu'ignorant, se montrant sur-
tout froidement insensible à ses triomphes (1).
La ferme résistance aux prétentions ultramon-
taines, la régularité des chefs, et l'instruction
des subalternes deviennent donc l'objet de sa
pieuse ferveur. Eh, comment, en effet, servi-
roit-il la religion, s'il souffroit que la *nation* I. Pet. 2, 9.
sainte l'enseignât aux Fidèles sans la connoître,
ou leur imposât un fardeau qu'elle refuseroit de
porter ? Ignore-t-il que l'exemple est d'un mer-
veilleux ascendant sur les esprits ; que la dignité
du prédicateur attire le respect de ceux qui l'é-
coutent ; que les ouailles se modèlent sur le
pasteur ? Découvre-t-il aucune vertu dans des
ministres oisifs, mondains, infidèles, dévoués
au sanctuaire comme au cloître par la volonté
seule de leurs parens ? Ah ! la soif inextinguible

---

(1) Le tableau n'est point chargé. Qu'on lise les Historiens du temps, et l'Abbé Fleury ; ils ne laisseront
aucun doute sur les anciens excès d'un Corps respectable,
qu'entraînoit le torrent des passions, que l'ignorance
avoit dégradé, et qui s'est relevé depuis avec honneur,
quand ses lumières et sa conduite ont répondu à la sainteté de son ministère.

C

des honneurs, la faim sacrilège des richesses,
remplacent dans ces victimes forcées, et qui
maudissent leur sacrifice, le désintéressement,
la science, l'humilité. Un abus déplorable fait
accumuler sur la tête d'un seul, des biens qui,
mieux partagés, récompenseront des serviteurs
plus utiles. Ces biens sacrés étant plus nombreux
mille fois que ne le seront dans la suite les bons
et fidèles ministres, la pluralité dans les mains
d'un seul, n'est-elle pas contraire à l'estime que
Louis veut inspirer pour tout le Clergé (1)?

A la vue d'un tel désordre, de la négligence
dans le culte divin, de la profanation des choses
saintes, ce Prince religieux est pénétré d'une
douleur amère. Usera-t-il de son autorité pour
purifier la maison du Seigneur? Mais le fanatisme et la cupidité gémissante feront leurs efforts pour empêcher la convocation d'un Concile,
tant les portes abominables de l'enfer sont inté-
ressées à prévaloir; mais la farouche envie, cou-
verte d'un bouclier aussi dur que le diamant,

_____

(1) La Faculté de Théologie de Paris, assemblée en
1238, à la sollicitation du pieux Evêque Guillaume d'Au-
vergne, et par l'ordre de S. Louis, conclut qu'il n'y avoit
point de salut pour quiconque possédoit deux bénéfices,
quand l'un des deux suffisoit pour la vie; ce qui n'alloit
alors qu'à 15 livres de revenu. Le Roi ne conféra depuis
aucun bénéfice, qu'on ne quittât le premier.

fera rejaillir sur son agresseur les traits mêmes
qu'il lancera pour la terrasser. Pieuse fermeté de
Louis, tu triomphes de tant d'obstacles à la plus
grande gloire de la religion (1). Rien de plus
juste que les décisions de cette sainte assemblée :
rien de plus admirable que ses réglemens. Une
sage providence fait concourir la puissance ec-
clésiastique si respectable de sa nature, et si
respectée en effet quand elle remplit son ministère, avec l'autorité d'un monarque en état
d'appuyer ses décrets. Malgré l'opposition révoltante de plusieurs prélats, et les égards que
l'on croit devoir à leur caractère (2), le clergé
de France se réforme enfin. La pragmatique sanc-
tion (3) maintient les libertés de son Eglise. Les

---

(1) Il est assez singulier, dit un Biographe de Saint
Louis, que le Prince du monde qui a le plus aimé l'Eglise,
n'ait presque jamais été sans différends avec elle, ou,
pour mieux dire, avec les Ecclésiastiques. Dieu l'a sans
doute permis, pour apprendre aux hommes, par un si
grand exemple, à distinguer les véritables droits de l'E-
glise qu'on ne sauroit violer sans sacrilège, d'avec les
usurpations qui la déshonorent, et que ceux qui l'aiment,
comme S. Louis, ne sauroient trop réprimer.

(2) Les principaux opposans à la nouvelle discipline
furent Arnoul, depuis Evêque d'Amiens, et Philippe de
Grêve, Chancelier de l'Eglise de Paris.

(3) Les entreprises de quelques Papes en furent le
motif. Le saint Protecteur de la discipline et des libertés

C ij

nobles ne possèdent pas exclusivement, à la
vérité, les bénéfices fondés par leurs ancêtres;
mais ils sont préférés aux roturiers à égal mérite, et ne languissent pas long-temps dans des
places inférieures, que le défaut de protection
et de fortune les force souvent de remplir. La
Sorbonne est fondée par le confesseur même du
Prince (1). Les Pasteurs sont éclairés. Leurs
coopérateurs sont dignes de les remplacer.
Les Religieux ont des mœurs et vivent dans la
retraite. La solide piété se communique aux Fidèles. Le culte est purifié. Que les *Hérétiques*
frémissent à leur tour. Cette victoire sur un
Clergé devenu digne de nos hommages, annonce
qu'on va les combattre, et facilitera le succès.

§. I I.

A juger de l'Hydre à cent têtes qui semble
braver Louis par l'horreur qu'en avoient les
Saints-Pères, elle mérite sans doute l'attention
de ce Roi pieux. L'enfer n'a pas de séduction
plus efficace que l'hérésie; l'Eglise et l'Etat

---

de son Eglise, y rétablit les Evêques, les Chapitres et
les autres Collateurs, dans la jouissance de leurs droits.
Les articles de cette Ordonnance, en un mot, peuvent
faire juger de l'attention de Saint Louis à maintenir les
libertés de l'Eglise Gallicane. Ainsi s'exprimoit à ce sujet,
le premier Parlement de France.

(1) Par Robert Sorbon, Chanoine de N. D. de Paris.

n'ont point d'ennemis plus à craindre que ses fauteurs. Le crime agite, il est vrai, le malheureux qui s'en rend coupable; mais l'erreur tranquillise le faux Chrétien qu'elle séduit. Le criminel néglige souvent de faire imiter son exemple; mais l'Hérétique persuade ses prosélytes, en les préconisant comme défenseurs de la vérité. Le criminel respecte l'Eglise en apparence; mais l'Hérétique la sappe dans ses fondemens, avec une hardiesse au dessus de toute expression. Delà le fanatisme outré; la révolte scandaleuse qu'il autorise. Ces maux vous sont connus, ô Louis! et vous n'ignorez pas vos obligations. Remplissez-les donc avec votre zéle ordinaire. Suivez les traces des Josias et des Constantin. Marchez et combattez sous les drapeaux de l'évangile. Vous porterez le dernier coup à l'hérésie des Albigeois (1).

---

(1) Des abus dont les peuples s'indignoient, furent proprement l'origine des Sectaires de nos Provinces méridionales, connus sous le nom de Manichéens, Vaudois, Albigeois. Jusqu'alors les Croisades avoient eu pour objet d'exterminer les ennemis du nom Chrétien. Mais des Chrétiens, reconnus pour ennemis de l'Eglise, parurent encore plus dignes d'être immolés par le zéle. S. Louis eut recours à des moyens puissans, qui compromettoient moins l'autorité Royale, et parvint à faire suppléer la Croisade, par ses tribunaux de justice, quand les moyens de douceur ne suffirent point.

Trop connus par le sac d'une ville où le massacre même des Fidèles fut commandé sans distinction par un Légat barbare, au nom de Saint Pierre et de Jésus - Christ (1), ces visionnaires enthousiastes sont entêtés d'une chimère de perfection, ennemis des cérémonies pieuses, de la puissance et des biens de l'Eglise, d'autant plus exposés à la haine qu'ils font souvent de justes reproches. Le Prince, dont ils sont sujets, ne se croit pas obligé, parce qu'ils sont tombés dans l'erreur, à les punir du plus cruel des supplices. Mais doit-il ouvertement les favoriser par un mépris affecté des menaces de son Evêque (2)? Peut-il permettre qu'ils se vengent des atrocités des Croisés par le meurtre

---

(1) Les Chefs de 50000 Croisés montant à l'assaut de Beziers, demandèrent à Milon, Moine de Citeaux, et Légat d'Innocent III, ce qu'ils devoient faire, dans l'impossibilité où l'on étoit de distinguer les Catholiques d'avec les Albigeois. » Tuez-les tous, répondit-il; Dieu » connoîtra ceux qui sont à lui «.

(2) Foulques, fils d'un Marchand de Gênes, Abbé du Torronet, dans le Diocèse de Toulon, et depuis Evêque de Toulouse, signala son zèle contre Raymond V I, quoique son sujet. Il le qualifia de Tyran, et s'unit aux Croisés contre lui. Le Comte l'en punit par mille avanies. Cet Evêque répara sa conduite à l'égard de son Souverain, par la pénitence, et fut qualifié de bienheureux par les Religieux de Citeaux.

des Légats du Saint Siège (1), par le massacre des Souverains (2), par une longue suite d'hor-

---

(1) Raymond VI ayant été deux fois excommunié par Pierre de Castelnau, et déclaré déchu de sa souveraineté, menaça de la mort ce Légat qui l'avoit accusé en face de lâcheté, de parjure et de tyrannie. Deux émissaires du Comte l'attaquérent en effet, au moment qu'il passoit le Rhône, et le tuérent d'un coup de lance. Le Comte nia toujours qu'il eût trempé dans ce complot.

(2) Guillaume de Baux, Prince d'Orange, du chef de sa mère Tiberge de Montpellier, fut la victime de sa haîne contre les Albigeois. Fait prisonnier par les Avignonois, il fut écorché vif sur la place publique, et son corps coupé par morceaux. La maison de Baux n'est pas éteinte, comme l'ont pensé certains Généalogistes. Guillaume avoit un frère, nommé Hugues, qui ayant épousé la fille du Seigneur de Marseille, en eut deux enfans. L'aîné, Podestat d'Avignon, suivit Charles d'Anjou à Naples, en qualité de Capitaine général et de grand Justicier. Sa branche ayant possédé les premières dignités de ce Royaume, les Duchés d'Andria, de Nardo, les Comtés de Tricassi, de Castro, d'Ugento, d'Avelino, de Montescaïolo, s'éteignit, en 1527, dans Bernardin de Baux, Chevalier de Malthe. Le cadet eut aussi des descendans, dont une branche s'établit en Dauphiné, et l'autre, long-temps après, dans le Languedoc, où l'extrême détresse força deux des individus de gérer un emploi de finance, sans déroger. Ce n'est pas ici le lieu de discuter la descendance, le point de séparation, et l'existence de ces trois branches. J'en réserve les preuves, à la suite de l'éloge historique du chef de la branche

C iv

reurs ? Leur nombre se multiplie tous les jours
dans nos provinces méridionales; et Louis, pour
les détruire, réunit l'instruction à l'autorité. Si
les enfans de Dominique, avec un zèle digne de
leur patriarche, travaillent à les ramener, Louis
pour les soumettre, use d'un pouvoir formidable ; et, par le premier édit pénal (1) rendu
contre des Hérétiques, il force leur entêtement.
Comte de Toulouse (2) protecteur déclaré de
la Secte impie, viens dans l'église de cette capitale désavouer tes erreurs. La croix à la main,
et sous les dehors d'un repentir sincère, viens
expier, par le mariage de ta fille unique, et par
la cession de tes Etats, le scandale que l'exemple
de ton père ne t'autorisoit point à donner. C'en
est fait; Raymond est soumis; la France est

---

d'Italie , un des plus grands hommes qui jamais aient
existé sous le Gouvernement féodal.

(1) En 1259, trente ans après la promulgation de cet
Edit, Saint Louis crut devoir en modérer la rigueur.

(2) Raymond VII, dit le Jeune, anathématisé comme
son père, attaqua vivement Amaury de Monfort, et le
chassa de ses Etats : il fit ensuite la paix avec le Pape et
Saint Louis. Le principal article du traité portoit que le
Roi, voulant lui faire grâce, acceptoit sa fille unique,
pour Alphonse, Comte de Poitou, son frère; et que,
faute d'héritiers provenans de ce mariage, le Comté de
Toulouse reviendroit à la Couronne; ce qui arriva.

en sureté; l'Eglise triomphe, et Louis a toute
la gloire du succès.

§. I I I.

Mais que n'ajoutent pas à notre admiration ses
expéditions contre les *Infidèles*? Puis-je mieux
finir, qu'en les retraçant, l'éloge de ce Roi pieux?
Etoit-il garant, après tout, des événemens et
de la mauvaise conduite de ses armées? Ah!
malgré le venin que ne cesse point de distiller
l'envie, la politique purement humaine doit con-
sidérer, dans les XIIe. et XIIIe siècles, l'esprit
des croisades s'emparant de tous les âges et de
tous les états (1); le succès de ces guerres

_____

(1) On compte plus de trente croisades, depuis l'an
1096, jusqu'en 1488, contre les Infidèles, les Hérétiques,
les Excommuniés, les Souverains qui déplaisoient à la
Cour de Rome, et contre un Pape même, en 1387. On
rapporte à l'an 1212, la ridicule expédition d'une mul-
titude d'enfans qui partirent de France et d'Allemagne,
avec la croix sur l'épaule, disant que Dieu les appeloit
à Jérusalem. Ces petits malheureux n'allèrent pas bien
loin, malgré leur empressement : les uns s'égarèrent dans
les forêts et les déserts, où ils périrent de chaud, de
faim et de soif; les autres ayant passé les Alpes, furent
dépouillés et chassés par les Lombards; plusieurs, enfin,
trouvèrent moyen de s'embarquer, sans qu'on ait jamais
su ce qu'ils devinrent.

saintes, quoique toujours malheureux, préco-
nisé par les historiens, les orateurs et les poètes;
le déshonneur d'un Prince voisin qui, pour avoir
été foudroyé plusieurs fois par la cour de Rome,
ne passe pas pour lâche. et pour impie, mais
seulement parce qu'il diffère de se croiser (1);
la prudence même de notre Saint, quand il
adopte les préjugés communs et l'opinion gé-
néralement reçue. Les raisons de la politique
mondaine semblent fondées, je l'avoue, relativement au temps où les grands vassaux de la
couronne n'existeront plus. Mais le sont-elles,
relativement au siècle où l'abaissement de ces
rivaux trop puissans (2), et la soumission d'une
noblesse inquiète et pétulante, dépendent uniquement des croisades, de ces guerres consti-
tutives de la puissance royale ? La sagesse hu-

---

(1) Les Sujets de Frédéric II, en le servant fidèlement
contre les Papes, murmuroient ouvertement de ce qu'il
différoit, depuis huit années, de partir pour la Terre
sainte, après l'avoir promis avec serment à Honoré III.

(2) Ils engageoient leurs domaines, pour subvenir
aux frais d'un voyage dont ils ne devoient jamais revenir.
Ainsi le Souverain et l'Etat ont heureusement profité de
leurs dépouilles, comme ils profitèrent de la réunion des
vastes Etats du Comte de Toulouse, de la Provence, et
de ce qu'on appeloit le Royaume d'Arles et de Vienne,
à la faveur des Croisades contre les Albigeois.

maine croit-elle pouvoir varier dans ses décisions ? Ne dit-elle pas tous les jours, que les
expéditions religieuses, nécessaires au dévelop-
pement des beaux arts et de la raison, en bri-
sant la barrière qui séparoit les Européens de la
patrie des Phidias, des Homère et des Socrate,
concourent au triomphe des artistes, aux ingé-
nieux plaisirs qui doivent naître de leurs tra-
vaux, aux progrès d'une philosophie vraiment
utile, si, respectant la religion de nos pères,
elle se garde bien d'employer contre elle des
armes repolies, à la vérité, mais dont le tran-
chant est usé, dont la pointe est toute émous-
sée ? Ne soutient-elle pas, cette sagesse pré-
tendue, qu'au moment de l'affranchissement des
fiefs et de l'établissement des Communes, le peuple François n'a pas plutôt goûté les charmes de
la liberté, que ne pouvant ni se modérer, ni se
contenir, il s'abandonne à des révoltes fréquentes;
et que si la mode des pélerinages d'outre-mer,
n'entraînoit point en Orient des millions de ces
nouveaux affranchis, il faudroit les exterminer
tous comme des bêtes féroces (1)? Refuse-t-elle

_____

(1) On conserve un acte de l'an 1185, suivant les Historiens de Languedoc, tom. 2, par lequel Roger II,
Vicomte de Beziers, accorde à quiconque viendra s'établir dans sa ville, d'être libre et indépendant, tant de
lui-même, que de tout autre Seigneur, *comme l'étoient*

d'adopter une maxime si vraie? » Un Prince ré-
» duit à la dure nécessité d'opter, doit toujours
» préférer les guerres étrangères aux civiles «.
Louis est donc louable comme Prince, de l'aveu
même de la politique, si reconnoissant, par une
longue expérience, la vérité de cette maxime,
il se détermine enfin à la pratiquer. Mais il est
admirable, comme Chrétien, s'il bénit la main
qui le frappe, s'il avoue que, pour favoriser un
Roi juste, Dieu ne doit point épargner une infi-
nité de sujets pécheurs.

Voulez-vous savoir les motifs qui lui faisoient
fermer les yeux sur les difficultés de son entre-
prise? C'étoit la gloire de la religion; c'étoit la
ville sainte (1) que l'impiété des Sarrazins avoit

---

les autres habitans. Aussi la fierté des Bourgeois ne le cé-
doit-elle point à celle des Nobles, dont plusieurs se faisoient incorporer dans la Bourgeoisie. Un Chevalier, du
consentement de Raymond Trincavel, successeur de
Roger, insulte un Bourgeois. Toute la ville se soulève;
le Vicomte promet satisfaction; et toutefois c'est dans
le sang de ses amis, de ses Barons, et dans le sien propre, que le Bourgeois, offensé, lave son honneur; c'est
dans une Église même, et malgré les efforts de l'Evêque,
frère du Vicomte, qui a les dents cassées, en le défen-
dant.

(1) Les Croisés en 1099, s'emparèrent de Jérusalem,
dont Godefroi de Bouillon fut élu Roi. Mais Saladin,
Soudan d'Egypte, reprit cette ville, 89 ans après, sur

profanée; c'étoit l'intérêt de l'état. Ses François gémissent, hélas! dans la captivité la plus dure. Ils sont exposés au péril urgent de perdre la vie ou la foi. Quelle vue affligeante pour un Roi pieux! La douleur anime son zèle. Il veut tenter de rendre à ses sujets une liberté refusée à prix d'argent, une vie qu'on leur fait perdre au milieu des tortures, une religion qu'on les sollicite d'abandonner par l'appât des plaisirs, des richesses, des honneurs. Mettons-nous à la place de ces captifs; et l'intérêt personnel nous fera sincèrement desirer les croisades. Supposons ensuite un heureux succès; et nous unirons nos voix pour les célébrer. Partez donc, Prince généreux, et qui donneriez mille fois votre vie pour sauver l'ame d'un seul François. Votre auguste mère gouvernera la France avec sagesse, et saura la défendre, en votre absence, contre une nation perfide, et toujours attentive à profiter des événemens. Une marine (1) aussitôt détruite que

Guy de Lusignan, par la noire perfidie de Raymond, Comte de Tripoli; ce qui occasionna les Croisades suivantes, toutes sans succès. Les Turcs chassèrent les Sarrazins de Jérusalem, en 1517.

(1) Célestin III s'étant arrogé le droit de donner la couronne d'Angleterre à Philippe Auguste, ce Roi fit sortir de la Seine une flotte de 1700 voiles, qui fut surprise et détruite par une flotte Angloise de 500 voiles seu-

créée, sous votre aïeul, étant rétablie enfin,
la flotte Angloise n'osera plus tenter des des-
centes dans le Poitou. Partez donc, encore une
fois, mais avec les précautions qu'exige de vous
la prudence, avec une confiance entière dans le
secours du Tout-Puissant. Inspirez à vos Barons,
à vos Chevaliers, à vos soldats, et vos sentimens
et votre courage. Qu'ils soient tous des martyrs,
s'ils ne sont pas des conquérans. Qu'ai-je dit ! vous
les voyez livrés aux plus honteux excès, parce
qu'ils viennent de remporter une victoire (1) qui
leur échappe.... Détournez les yeux de leur pré-
somption criminelle. Fixez-les uniquement sur

---

lement, jointe à celle du Comte de Flandres. S. Louis
rétablit ensuite la marine; et, selon Joinville, il avoit
1800 vaisseaux montés par 6000 hommes, à son arrivée
en Egypte. Il avoit mis en mer une flotte presque aussi
nombreuse, en 1242, pour défendre les côtes du Poitou,
contre Henri III. Plus la marine étoit brute et grossière,
plus on entassoit vaisseaux sur vaisseaux, tous apparem-
ment mal construits et mal équipés.

(1) Les Seigneurs consumoient leurs fonds en festins
magnifiques. Les soldats passoient les jours et les nuits
à boire, à jouer, à se plonger dans toute sorte d'ordures.
L'armée étoit toute remplie de femmes perdues, et le
honteux commerce avec elles étoit public. Soit pour le
gain, soit pour la gloire, chacun croyoit perdre ce qu'un
autre acquéroit; et S. Louis ne pouvoit arrêter ces dé-
sordres.

votre saint Roi. Que de prodiges de valeur ne
fait-il pas à Damiette? Il s'élance, l'épée à la
main, dès qu'il apperçoit le rivage. Il brave,
au milieu des flots dont il est presque couvert,
les Sarazins rangés en bataille. Il reçoit une nuée
de traits dont le bouclier du Seigneur est seul
capable de le garantir. Eh! que peut craindre,
en ce moment, un Roi qui, pendant la tempête,
refusera de changer de navire (1), et de conserver sa vie au prix de celle du moindre François?
Dans la Palestine, il combattra les Turcomans (2), et les forcera de se réfugier dans des

(1) Ce fut au retour de S. Louis en France. » Ne voyez-
» vous pas, *répondit-il à ceux qui le pressoient de quitter son navire*
» *hors d'état de résister à la mer*, ne voyez-vous pas que si je le
» quitte de peur de périr; il arrivera que cinq ou six cents
» personnes qu'on ne recevra pas dans les autres, comme
» moi, et qui ne sont pas obligées d'avoir plus de cou-
» rage, prendront le parti de s'arrêter en Chypre, et ne
» trouveront peut-être jamais le moyen d'en sortir? Ap-
» prenez donc aussi mon avis, et sachez que j'aime mieux
» abandonner ma personne, ma femme et mes enfans,
» entre les mains de Dieu, que de laisser tant de gens à
» mille lieues de leur pays, au hasard de n'y retourner
» jamais, et de passer misérablement le reste de leur vie «.

(2) Ces Barbares ayant pillé Sidon, et massacré 4000
Chrétiens, se retirèrent à Belinas, sur le mont Liban.
Les François y parvinrent, comme par miracle, à la fa-
veur de petits sentiers tournoyans. Les Barbares se ré-

retraites inaccessibles. Près de Massoure, il
hasarde plusieurs fois sa vie pour dégager Robert
son frère prêt à périr. Dans mille occasions il
affronte les plus grands dangers, et les humiliations sont la récompense de sa bravoure. Mais
quelles humiliations !.. Ah! Messieurs, les Infidèles
triomphent, et notre Monarque est captif (1).

Sagesse humaine, épuise tes raisonnemens !
Comme orateur sacré, je n'écoute que la sagesse
divine. Reconnois ici, me dit-elle, le mystère
de l'amour du Seigneur pour ses élus. Leur salut
éternel lui devient infiniment plus cher que sa
propre gloire. Eh! qu'importe, après tout, aux
enfans de lumière, que les prudens du siècle
jugent des choses conformément à leurs affections ; qu'ils regardent, comme le comble du
malheur, ce qui n'est pour Louis qu'une épreuve
salutaire ! Monde profane, viens le contempler

---

fugièrent alors dans un château des plus forts, bâti assez
loin de la ville, et qui se confondoit avec les pointes dont
le Liban est hérissé. Belinas fut saccagé. De gros tas de
bled furent consumés, et le sang des Chrétiens vengé
par la désolation de tout le pays.

(1) La famine et la maladie faisant des ravages affreux dans l'armée de S. Louis, ce Prince vivement pour-
suivi par les Sarrazins, quitta les environs de Massoure,
pour se retirer à Damiette. Parvenu à la petite ville de
Charmasah, il étoit prêt d'y conclure une trève : mais
un Huissier troublé, sans doute, par la crainte de la

dans

dans les fers. Les sublimes vertus qu'il y fait briller épuisent l'admiration des barbares mêmes. Plus grand dans la prison que sur le trône, s'il éteint, par sa majesté, leur sacrilège fureur, il doit confondre les préjugés contre la piété qui l'anime. Le glaive que les Émirs lui présentent fume encore du sang de leur Soudan (1). Ces parricides projettent un nouvel attentat qui fera frémir tous les siècles : ils osent menacer leur captif d'une torture destinée pour les malfaiteurs, et de la mort infâme qu'a soufferte le Dieu qu'il

---

mort, se mit à crier tout-à-coup d'une voix de tonnerre, que le Roi ordonnoit à tout le monde de se rendre, si l'on ne vouloit le faire tuer. A ce cri, chacun s'empressa de mettre bas les armes. L'Emir, tout surpris, dit à Philippe de Montfort, chargé de conclure la trève avec lui, qu'on n'en faisoit point avec des vaincus, et qu'il le retenoit prisonnier. Personne n'évita la mort ou la captivité ; et S. Louis et ses deux frères tombèrent au pouvoir de deux autres Emirs.

(1) Les Mamelucs, commandés par Octaï, venant de massacrer Moadan, leur Souverain, entrèrent tout furieux dans la prison de S. Louis, non pour l'elire Soudan, comme l'ont faussement avancé quelques Panégyristes, mais pour le poignarder, s'il persistoit à rejeter les conditions de paix. On l'avoit d'abord menacé de la torture, de le faire promener par tout l'Orient, comme esclave, et de le confiner ensuite dans les prisons du Calife, espèce d'enfer, d'où personne ne sortoit plus.

D

adore (1). Ah! que cette conformité glorieuse
avec Jésus-Christ auroit de charmes pour Louis!
Rien ne l'émeut cependant ; rien ne l'étonne.
Il persiste à refuser, en Roi, de confirmer le traité
conclu par le serment qu'on exige, comme, en
digne chevalier, il a refusé l'accolade au chef
des Mamelucs qui lui donnoit l'option du trépas
ou de la liberté. Par sa constance, en un mot,
il mérite de faire la loi sans la recevoir de personne. S'il consent enfin à la reddition d'une
place mal défendue par des Italiens (2) mutinés
et sans courage ; s'il se détermine à payer avec
une fidèle exactitude, 800,000 besans pour la

---

(1) Me Nicole, de la ville d'Acre, chargé de porter
sa réponse aux Sarrazins, vint lui dire qu'ils vouloient
lui couper la tête, ou le mettre en croix, avec tous ses
gens, s'il s'obtinoit à refuser le serment qu'ils exigeoient
pour la confirmation du traité. Les Emirs délibérèrent
aussi de le crucifier avec les autres prisonniers, quand
ils firent souffrir en sa présence, une cruelle torture au
Patriarche de Jérusalem, vieillard octogénaire, qui,
selon eux, l'entretenoit dans son opiniâtreté.

(2) Les Génois et les Pisans vouloient se retirer de Damiette, insensibles aux pleurs de la Reine, qui leur pré-
sentoit le fils dont elle venoit d'accoucher; ce qui détermina S. Louis, instruit de leur procédé révoltant, à la
reddition de la ville, à une trève de dix ans, et au rachat
des Croisés, moyennant une somme de 100,000 marcs
d'argent, évaluée à dix millions aujourd'hui.

rançon de tous les croisés ; s'il est rendu, quatre
ans après, aux vœux empressés de la France (1) ;
il a quitté ces régions barbares à regret. Je dis
à regret, parce qu'il a laissé des François dans
les fers, et qu'il connoît leurs maux par expérience. Aussi se prépare-t-il à de nouvelles ten-
tatives pour les délivrer. Mais que vois-je ! la
volonté divine est toujours contraire, en apparence, aux projets vastes de ce bon Roi (2).
L'ange exterminateur répand dans les airs son
vase funeste jusqu'à la lie ; et c'est ici que la
religion glorifiée par Louis, donne au monde
étonné de tant d'événemens tragiques, un spec-
tacle vraiment nouveau. Sur les côtes brûlantes
d'Afrique, au centre d'une florissante armée qui
fait le siège de Tunis, ce bon Roi, frappé d'une

---

(1) Les Barbares une fois maîtres de Damiette, con-
çurent le noir projet de massacrer S. Louis, sa famille,
et tous les Croisés. Ils se contentèrent cependant de
retenir bien des captifs, sous divers prétextes ; ce qui
détermina S. Louis éloigné de ses états, depuis quelques
années, à rester encore quatre ans dans la Palestine,
pour obtenir l'exécution du traité.

(2) Seize ans de la présence de S. Louis avoient réparé
tout ce que six années d'absence avoient ruiné, lorsqu'il
partit pour la dernière Croisade, en 1270, contre le gré
même du Pape. Il prit Carthage, assiégea Tunis, emporta
le château huit jours après, et mourut.

maladie contagieuse, et de tous les fléaux accu-
mulés, se montre supérieur à ses infortunes, et
lutte avec force contre la mort. Tel un arbre
majestueux dont l'effort des vents déchaînés ne
fait que redoubler la vigueur; telle une colomne
inébranlable sur sa base à proportion du poids
dont elle est chargée. Toujours fidèle à la grâce,
toujours soumis à la volonté du souverain maître,
Louis est toujours content de le glorifier dans ses
maux. Aucun murmure, aucune plainte, aucune
marque de tristesse. La cendre est le lit qu'il demande; et sur ce trône de douleur, sur ce trône si
différent de celui qu'il occupoit au milieu de sa
capitale, il élève sa voix mourante. Il continue
de recommander à Philippe la crainte de Dieu,
l'attachement à son Eglise, la tendresse pour
les François. Il meurt, à ces mots... Il expire...
Mais gardons nous de pleurer sa mort. Celle
d'un saint est si précieuse aux yeux du Seigneur,
qu'elle doit nous combler de joie; c'est un protecteur de plus dans le ciel; c'est un appui d'autant plus sûr, qu'il nous aimoit constamment
sur la terre, et n'y travailloit qu'à notre bonheur.

Que nous reste-t-il donc, sinon à le conjurer
d'écouter favorablement nos prières. Grand Saint,
quoique assis glorieusement sur le trône, vous
ne cessâtes point de vous faire violence pour

acquérir le royaume des cieux! Obtenez nous
de vous imiter pour avoir part à votre salaire.
Notre lâcheté seroit-elle excusable? Avons-nous
à vaincre des obstacles si forts? Avons-nous à
remplir des obligations si pénibles? Sans doute
il nous suffit de renoncer généreusement à tout
ce qui s'oppose au salut, et de pratiquer les
paisibles vertus qui le font opérer avec assu-
rance. Si notre état présente des difficultés, il
fournit aussi des secours. Vos exemples nous
ont persuadé que la piété consiste à se roidir
contre ces difficultés rebutantes, à ménager ces
secours ineffables, devoirs indispensables du souverain et des sujets. La négligence à vous imiter
nous feroit combattre, comme sans dessein,
courir au hasard dans la carrière, marcher dans
des voies obliques, et dont le terme seroit la
mort. Préservez vos François d'un malheur aussi
déplorable. Inspirez-leur non-seulement de l'horreur pour tout ce qui peut altérer la foi de leurs
pères, mais encore une piété solide que l'éclat
des grandeurs ne puisse ternir, et que l'attrait
des plaisirs ne puisse corrompre. Faites-les contribuer, par une sagesse toute différente de celle
du siècle, au vrai bonheur de leurs semblables,
à la plus grande gloire de la religion. Qu'ils
évitent ainsi les pièges funestes du Tentateur.
Qu'ils s'acquittent fidellement de leurs obliga-

tions essentielles ; et certains de mourir, comme
vous, dans la paix du Seigneur, ils auront droit
à la grande récompense qu'il leur a promise.

F I N.

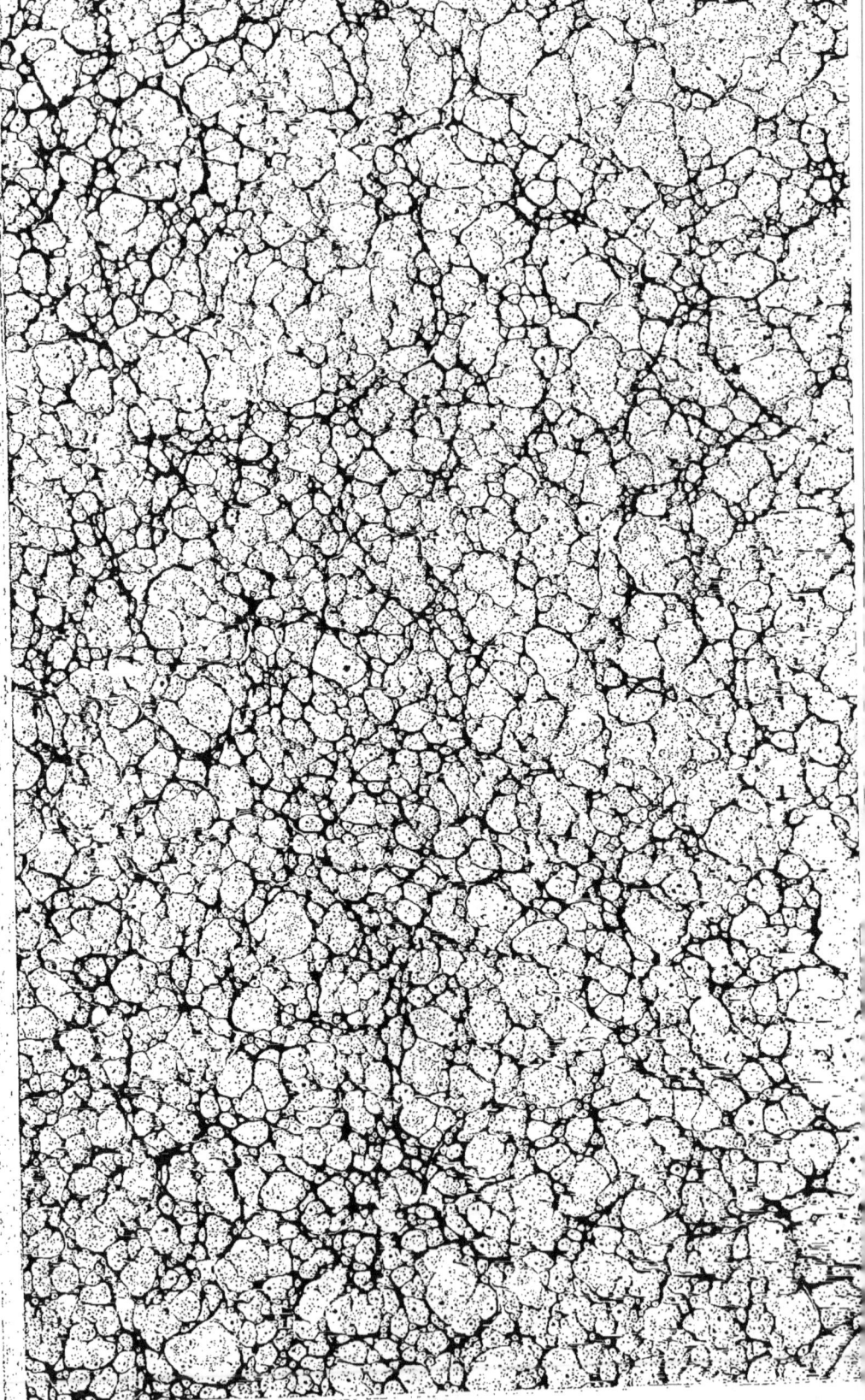

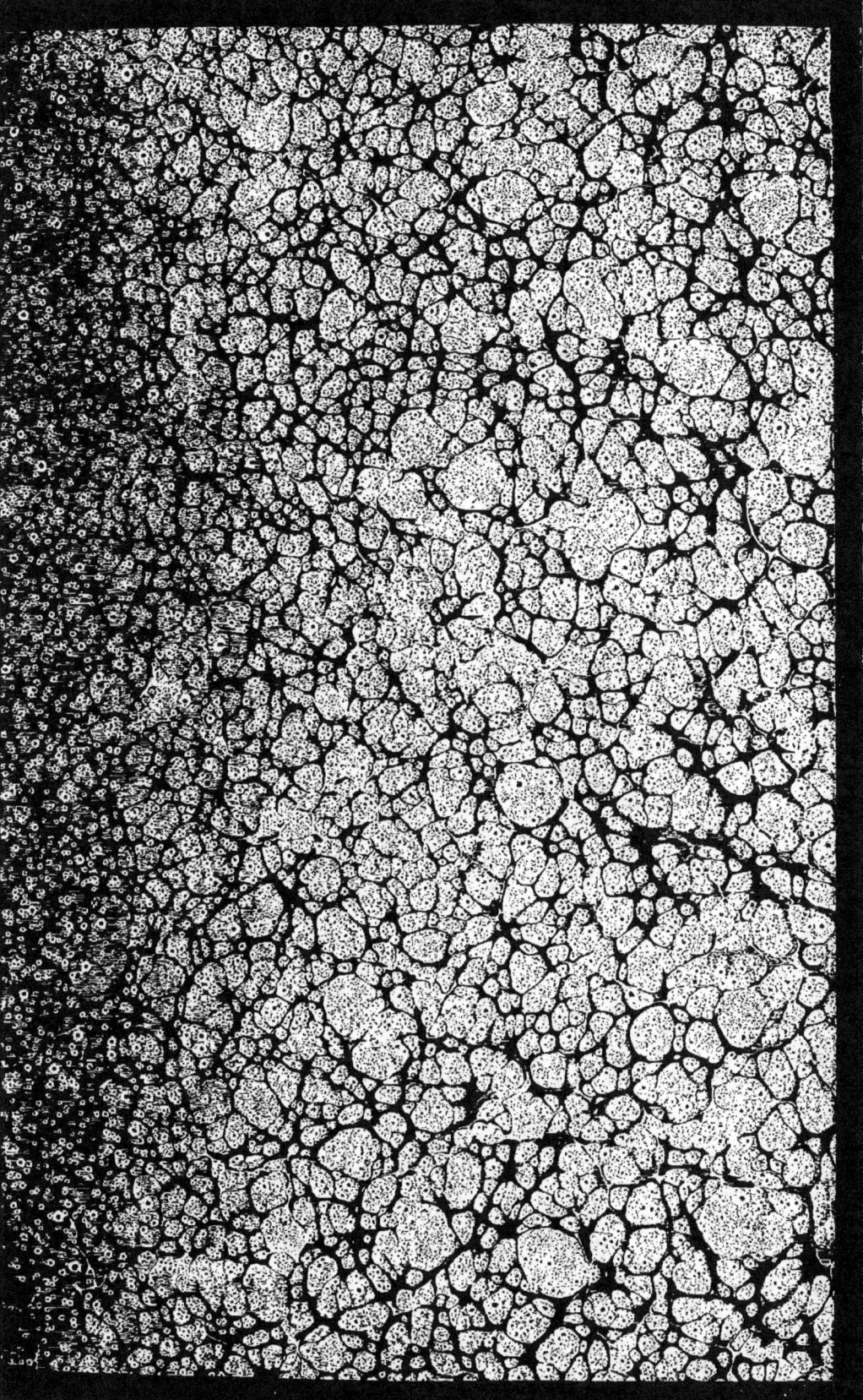